AF347379

L'OLIVIER
DE I. LE BLANC
PARISIEN.

Dedié à Mr NICOLAS OLIVIER,
Secretaire de la Chambre du Roy.

A PARIS,

De l'Imprimerie de FRANÇOIS IVLLIOT,
ruë du Paon, au Soleil d'Or, prés
la porte Sainct Victor.

M. DC. IX.

ΕΙΣ ΣΕΜΝΟΤΑΤΟΝ ΚΑΙ
σοφώτατον κύριον Ολιυάριον.

ΕΠΙΓΡΑΜΜΑ.

ΑΡΓΑΛΕΟΝ μοὶ πολλὰ φίλη κεφαλὴ ἀγορεῦσαι

ὥσπερ ἐγὼ πρόφρων σὺ μνησθεὶς, ἔκ τ᾽ ὀνομάζω

Τοῦδ᾽ ὄνομ᾽ ἔτι, ἐπώνυμον εὐκτεάτοιο ἐλαίης

οὕτω σοὶ δὲ φρένας, καλὰ τ᾽ ἔργα ἔδωκεν ἀθήνη.

L'OLIVIER
DE I. LE BLANC
PARISIEN.

A Mᵉ NICOLAS OLIVIER
Secretaire de la Chambre du Roy.

FEROIS-IE pas iniure à mon
enthousiâme,
Ne rougirois-ie pas de reproche, &
de blâme,
Si ie ne baptisois de ton nom glo-
rieux
(OLIVIER, ame noble, esprit
laborieux)
Cest Oliuier sacré, ceste racine exquise,
Puis qu'au nom d'OLIVIER l'Oliuier sympathise:
Et puis que ton merite à nul autre second,
S'accorde auec celuy d'vn arbre si fecond,
Ny plus, ny moins le sien que le tien me figure
La bonté, la richesse, & l'heur d'vn bon augure:
Minerue a de vous deux la garde & le soucy:
La Deesse vous ayme, & vous l'aymez aussi:
Tous deux vous estes nez d'vne essence diuine.
Pourquoy tairois-ie donc vostre saincte origine?

Auparauant qu'Athene' & ses murs glorieux
S'orgueilliſſent le front du nom victorieux
De Minerue aux yeux verds, leur Deeſſe immortelle,
Auant que ceſte vierge en euſt pris la tutelle,
Quand ils auoient encor le nom Cecropien,
L'Attique, l'Ionique, & le Mopſopien:
Soit que l'ambition, ou ſoit que la fortune
Les y pouſſaſt alors, Pallas auec Neptune
Aborderent la ville, & dans vn meſme lieu
S'allerent heberger la Deeſſe & le Dieu.

　　L'vn du profond manoir des humides campagnes
Auoit quitté les Dieux, & ſes Nymphes compagnes,
Trainé par les cheuaux, qui d'vn ordre égalé
Coupent les flots d'argent de l'empire ſalé,
Quand ſous le frain moiteux il range leur carriere,
Et quand, bouffy d'orgueil, & d'arrogance fiere,
Il fend de ſon trident le chryſtal azurin:
Tel fut l'arroy pompeux de ce Prince marin.

　　L'autre qui ioint aux arts la bellique vaillance,
Armoit ſon bras nerueux du long bois d'vne lance,
Et ſe timbroit le front d'vn menaçant armet,
Dont les flots d'vn pannache offuſquoient le ſommet.
Autour de ſa poictrine eſt la peau d'Amalthee,
Que le grand Iupiter maintefois a portee
En forme de cuiraſſe, & qu'elle porte auſſi
Quand la fureur de Mars luy ride le ſourcy.
Du front Gorgonien la ſerpentine treſſe
Heriſſoit le bouclier de la ſaincte Deeſſe,
Non moins terrible à voir que nuiſible à toucher,
Qui transformoit le corps de l'homme en vn rocher:
Auſſi toſt que ſa face en colere allumee
Contre ſes ennemis eſtoit enuenimee.

Sur le port Ionique au lieu plus eminent
Elle trouue Neptun le frere du Tonnant,
L'embrasse, le caresse, & la guerriere fille
L'inuite au promenoir d'vne si belle ville :
Luy qui veut satisfaire à sa diuinité
Se range à son desir, & fait sa volonté.

　　Qui d'vn costé, qui d'autre ils admirent à l'heure
La beauté de son port, & l'air de sa demeure,
Ils contemplent ses murs, ses remparts orgueilleux,
Ses riches bastimens, ses temples sourcilleux,
Le nombre de son peuple, & les sages polices
Qui la font abonder en cent mille delices.

　　Cependant la Discorde au cœur ambitieux,
Comme entre les humains se glisse entre les Dieux,
Et seme, querelleuse, entre l'Esbranle-terre,
Et la Nymphe guerriere vne immortelle guerre :
» Maudite Ambition, faut-il que les amis
» Soüillez de ton venin deuiennent ennemis ?
» Et qu'vne faim d'honneur, qu'vne ialouse enuie
» Trauerse le repos, & le bien de leur vie ?

　　Ia l'humide Neptune, & la docte Pallas
A l'entour de la ville auoient pris leur soulas,
Quand vn nouueau desir tous deux les espoinçonne
De la qualifier du nom de leur personne.
Si d'vn costé Neptun luy veut donner son nom,
D'autre costé Minerue aspire à ce renom :
L'vn dit qu'elle est à soy, l'autre dit qu'elle est sienne,
Neptunide vn la nomme, & l'autre Athenienne.

　　Moy (ce disoit Neptun) qui Prince de la mer
Fais sous le frain du vent les vagues escumer,
Qui, frere de Iupin, gouuerne l'heritage
Des Royaumes salez qui m'eschent en partage,

Qui fais trembler de crainte & la terre & les cieux,
Au seul bruit esleué des flots audacieux,
Moy l'effroy des Tritons, l'implacable Neptune,
Cederay-ie au babil d'vne fille importune?
Plustost l'acier flamban: de mon trident moiteux
Soit le triste iouet de l'orage impiteux:
Plustost puisse-ie voir à l'abbord d'vne roche
En cent mille morceaux escarteler mon coche,
Et plustost mes dauphins, mes roides limonniers
Tombent à la mercy des Orques mariniers.

 Encor si Iupiter me disputoit la place,
Ou Phœbus au crin d'or, ou le Prince de Thrace,
Ou le venteux Eole, ou le Cyllenien,
Ou mon frere puisné l'enfant Saturnien,
Ou ce Demogorgon affreux & redoutable:
Ie trouuerois mon ire, & mon dueil supportable:
» Car plus nostre aduersaire est comblé de valeur,
» Et plus en le domptant nous acquerons d'honneur.
Ny ta pique fresniere, & cet armet terrible,
Ny l'oyseau malheureux dont ton casque s'horrible,
Ny ceste Egide encor, ny ce chef Gorgontin,
Son œillade empierrante, & son poil serpentin,
Ne m'empescheront point, fille Tritonienne,
Que, malgré ton effort, la ville ne soit mienne.

 Ainsi le Dieu parloit, & Minerue soudain
Luy replique en la sorte, auec mesme desdain:

 C'est ton propre, Neptun, que d'ouurir les abysmes,
De submerger la terre auec tes cataclismes,
De tempester les flots, de fendre les rochers,
De fracasser les pins, d'effroyer les nochers,
De crouler ce grand Tout, d'esmouuoir les orages,
Les bourrasques des vents & les sombres naufrages:

Mais ce n'est pas à toy, comme à nos Deïtez,
De gouuerner le peuple, & nommer les citez.
C'est à faire à Pallas, qui sans mere conceüe,
Est du chef de son pere en guerroyant yssue,
A la braue Pallas, qui dés l'aage enfantin
(Augure belliqueux) mesprisa le terin :
Qui terraça l'orgueil du monstrueux Pallade,
Qui des grands serpens-pieds renuersa l'escalade,
Qui tua la Phorcide, & non contente encor
En cheueux couleuurins changea sa tresse d'or,
Qui se vengea d'Arachne, & d'Aiax Oïlee
Qui dans son temple auoit Cassandre violee.

  O seroit bien Neptune au bruit de tant d'exploits
Brauer mon entreprise, & me faire des loix ?
Vn corsaire, vn pirate enerué de paresse
Braueroit donc la force, & la mesme sagesse ?
Et toy, belle cité, permettroient bien les cieux
Que tu prisses ton nom de ce Dieu vicieux ?

  Tantost pour deceuoir l'innocente Eolide
Il se transforme en veau, tantost pour l'Aloïde
Il prend l'habit d'vn fleuue ; or il est recognu
Dans le sein de Bisalpe auec vn front cornu :
Or pour rauir Meduse, & la blonde Eleusine
Il emprunte deux fois la forme cheualine ?
Et dans sa maison propre il se desguise, afin
De violer Melanthe, en amoureux dauphin.

  Ce n'est que pour rauir tes beautez virginales,
Que pour adulterer tes couches nuptiales,
Et prophaner de stupre, & d'inceste odieux
Les temples, les autels & les plus dignes lieux,
Qu'il te veut dominer, qu'il t'offre sa tutelle,
Tant ce boüillant desir le presse, & le martelle.

Quand bien il aduiendroit que les cieux ennemis
(Ce qui n'aduienne pas) l'euſſent ainſi permis,
Comment ſouffrirois-tu qu'vn magaſin de vices
Te vouluſt impoſer des loix, & des polices ?
Dequoy te ſeruiroit vn banny de nos cieux
Que d'vn eſpouuantail au front prodigieux ?
Luy qui pour l'auarice, & pour le gain ſeruile
Daigna baſtir les murs de la Troyenne ville,
Qui deuenu maçon (miſerable meſtier)
Eſtoit ſouillé de chaux, & fangeux de mortier,
Et qui , boſſu de reins, pour tailler vne pierre
Empoignoit le marteau, le compas, & l'eſquierre,
T'enſeigneroit le vice en lieu de la vertu ;
C'eſt le plus beau manteau dont il eſt reueſtu.
Mais ſi le ciel permet (comme il eſt neceſſaire)
Que ie ſois de ton mur la Royne tutelaire,
Ie te iure le fleuue irreuocable aux Dieux,
Que tu reſplendiras touſiours de bien en mieux,
Et verras ſous mon glaiue, inſtrument de iuſtice,
Tomber en deſarroy les partiſans du vice.
Quel meſchef te pourroit abbaiſſer le ſourcy,
Quand la mere des arts a de toy le ſoucy ?
Qui pourroit t'aſſaillir d'vne guerre cruelle,
Quand la mere des preux t'a miſe en ſa tutelle ?
Ny les Rois de la terre en bataille aſſemblez,
Ny tous leurs appareils coup ſur coup redoublez,
Ny toutes les fureurs qui forcenent ſous terre ;
Non pas meſmes ce Dieu qui darde le tonnerre,
Ne pourront t'effroyer : Mon bras victorieux
Surmonte l'vniuers, les enfers, & les cieux.

Que ſert donc à Neptun, de qui l'ame eſt ſaiſie
D'vn ſi puiſſant démon qu'il entre en frenaiſie,

D'eſtre

D'estre ialoux du bien qui m'est iustement deu,
Change de volonté, ce n'est que temps perdu
(Bel Empereur des eaux) de quereller Minerue,
Le nom de la cité pour elle se reserue.

A ces propos Neptune embrazé de courroux
(Si le pauois d'acier n'eust rabattu ses coups,
Et si les Dieux auoient du sang dedans les veines,)
Eust du bras de la vierge espuisé les fontaines.

Comme on voit maintes-fois sur les prez verdissans
Deux taureaux amoureux esgalement puissans
S'acharner au combat, & de corne, & de teste
Afin de triompher du bien de leur conqueste :
Ainsi la Iouienne, & le Saturnien
Disputoient pour le nom du mur Athenien.

Tout l'vniuers s'estonne, & tremble à ce vacarme,
Dindymene est en crainte, Amphitrite en allarme,
Et mesme Iupiter, & tous les autres Dieux,
Pour les remettre en paix est accouru des cieux.

Ce fut lors que Neptune esleua son courage :
Voyons qui de nous deux est puissant d'auantage,
(Disoit il à Minerue) & qu'il soit arresté,
Que le plus fort de nous surnomme la cité.

Cela pleut à Minerue, & Iupin venerable
Monstra par vn clin d'œil qu'il l'auoit aggreable,
Et tous les habitans du celeste pourpris
Dirent que le plus fort emporteroit le prix.

Là Neptune, & Minerue à l'enuy poingts de gloire
Cherchent par tous moyens d'obtenir la victoire,
Comme deux Paladins encouragez d'amour,
Qui parmy les tournois s'espreuuent tour à tour,
Et sont de leur valeur flamber les estincelles
Pour gaigner l'amitié des ieunes damoiselles:

B

Ainsi pour baptiser l'Ionique cité
Font-ils preuue à qui mieux de leur dexterité.

   Neptun qui met en ieu ses grandeurs souueraines
Tend ses muscles, ses nerfs, ses arteres, ses veines,
Vomit de sa poitrine vn Montgibel ardant,
Auance vne desmarche, & bransle son trident
Fourchu d'vn triple acier, que son ire descoche
Sur le marbre endurcy d'vne aimantine roche,
Le feu sort de la pierre, ainsi que d'vn fer chaut
Que le marteau pesant d'vn Mareschal assaut:
Maint caillou poudroyant le suit, & l'enuironne,
La plaine fait vn bruit, le riuage resonne,
Et du coup merueilleux du marin Empereur
Naist vn cheual superbe effroyable d'horreur.
Il est tout blanchissant d'vne escume sueuse,
Il imprime du pied l'arene tortueuse :
Vne flamme roulante eschauffe ses naseaux,
Son fier hannissement espouuente les eaux,
Il auance, il retire, or l'vne, or' l'autre oreille,
Les Dieux sont eshabis de voir telle merueille.
Amphitrite l'admire, & Glauque à demy corps
Accourt pour l'admirer des plus estranges bords
Auec mille Tritons, qui sur les eaux salees
Embouchoient à qui mieux leurs conques emperlees.
Bien que vieil & chenu, l'Ocean inconstant
Qui va deux fois le iour flottant, & reflottant
S'en resioüit encor, & les grandes Baleines
Qui tournoyent son char par les humides plaines
Et le vieillard Prothee au gré de ses Dauphins
En portent la nouuelle aux barbares confins:

   Vne seule Minerue en si grande assemblee
Regarde le cheual d'vne œillade troublee :

O la belle merueille ! ô le gentil ouurier !
(Disoit-elle à Neptune) ô le vaillant guerrier !
Luy dois-ie pas ceder les palmes de la guerre,
Puis qu'il la fait sortir du centre de la terre ?
Ha ! vrayment il merite : vn chef-d'œuure si beau
Ne doit iamais souffrir l'iniure du tombeau.

Le cheual de Neptune, altiere creature,
Presagit les mal-heurs d'vne guerre future :
L'Oliuier de Minerue au beau fueillage espais
Augure le bon-heur d'vne future paix :
Si donc plus qu'vne guerre vne paix nous agree,
Qu'on prefere au cheual ceste branche sacreé.

Aussi tost la Deesse auec l'acier pointu
De sa pique d'airain nompareille en vertu
Deslache vn coup bruyant sur la campagne enceinte
D'où sort vn oliuier à la perruque sainte.
C'est icy l'Oliuier, dit-elle aux immortels,
Que ie veux arborer au pied de mes autels,
Le paisible Oliuier, auteur de la concorde,
Qui rameine la paix & chasse la discorde,
De qui les verds rameaux pastement ombrageux
Seruiront de couronne aux Olympiques ieux,
Et qui, malgré Neptun, son orgueil & sa gloire
Me feront maintenant emporter la victoire,
Apres que vous aurez (ce disoit-elle aux Dieux)
Iustement confessé mon bras victorieux,
Et cogneu les vertus, & les bontez certaines
Qui doiuent prouenir de l'Oliuier d'Athenes :
Arbre sainct & sacré, dont iamais le soleil
Tournoyant ce grand tout n'aduisa le pareil.

De son nom venerable à la saison future
Doit naistre vn OLIVIER de gentille nature.

Caressé des neuf Sœurs, & le plus fauory
De mon Nume celeste au siecle de HENRY,
Qui, preferant au sien le bien de sa patrie,
La rendra plus auguste auec son industrie.

Soit qu'vne malueillance, ou qu'vn astre malin
Menacent de peril la vefue, & l'orphelin;
Ou soit que l'Innocence, & les Vertus contraintes
Du siecle tyrannique esprouuent les atteintes,
Il sera l'vn de ceux qui d'vn loüable effort
Espouseront leur droict & vengeront leur tort.
Phebus sera tousiours sa plus chere pensee;
La verité doit estre en ses leures placee,
Mercure en son esprit eslira son autel,
Et mille autres vertus le rendront immortel.

Or, s'il veut imiter les œuures de Nature,
Il charmera nos yeux des traicts de sa peinture :
Ores fait Geometre, esmeu de plus grands soins,
On luy verra tracer, angles, lignes, & poincts :
Or' d'vn vol plus superbe il sçaura la pratique
De tous les elemens de la Mathematique.

Ainsi disoit Minerue, & les Dieux enchantez
De voir sur l'Oliuier tant de rares beautez,
Iugent, malgré Neptun, que la victoire est sienne,
Et qu'elle doit nommer la ville Athenienne.
L'autre s'en mescontente, & d'vn front courroucé
Promet de se venger de l'arrest prononcé,
Prend le Ciel à tesmoin de ceste offense, & iure
Qu'il ne souffrira point vne si grande iniure.
Vn desespoir l'agite, vn creue-cœur amer
Le iette à la mercy des vagnes de la mer :
Le flot bouillonne autour, il va sous l'eau profonde,
Sa chéute fait vn bruit, la cauerne redonde.

Or moy de qui la Muse agite les esprits,
De ce digne Oliuier ie veux chanter le prix,
Tant pource que Pallas ma plus chere Deesse
Oeillada mes labeurs dés leur tendre ieunesse,
Tant pource que i'honore à bon droict le renom
D'vn fauory des cieux qui le porte en son nom,
Que pour estre sortis d'vne mesme lignee,
Dont tousiours la vertu se treuue accompagnee.
　Il alimente l'homme, il luy donne clarté,
Le nauré le recherche en son aduersité,
D'vne masse vigueur la courageuse Athlete
En oint son corps robuste aux luittes de Taygette :
Il profite à chacun, mesmes les animaux
Tirent par sa vertu guarison de leurs maux,
Et qui mesle sa lie auec le plastre, il chasse
Des murs de son logis la vermine, & la crasse.
　Quand les dents nous font mal, il chasse leurs douleurs :
Il guarit de la lepre, il arreste les fleurs,
Il faict sortir l'enfant du ventre de la mere,
Il amoindrit la goutte en sa rigueur amere,
Retient le flux de sang, dissipe les charbons,
Les vlceres chancreux, les antrax, les bubons,
Guarit la surdité, consolide les playes,
Les pustules des yeux, les mailles, & les tayes :
Il resoult l'apostume, & tel autre meschef,
Quand la peau se diuise il la reioint au chef,
Esteint le feu volage, excite les vrines
Et contre le catharre il sert aux medecines.
　Il aime vn air salubre, vn spacieux endroit,
Vn climat temperé, ny trop chaud, ny trop froid,
Vne campagne à l'erte au Soleil exposee
Vis à vis d'Occident, il se paist de rosee.

Quand il deuient sterile & ne peut enfanter
Il luy faut au Soleil ses racines gratter,
Et pour estre fecond & d'vtile nature,
Il faut qu'il soit planté d'vne main chaste & pure.

Sa fueille espaisse est grasse en sa complexion,
Et longuette, & pointuë en sa proportion,
Verte par le dessus, par dessous blanchissante,
Elle est d'vn goust amer : soüefue, & florissante
Elle est au mois du Cancre, & sa gentille fleur
A celle de la vigne est pareille en couleur.

Son bois incorruptible est marqué d'vne veine,
Massif & moüelleux, sa gomme est souueraine,
Sa racine est amere & ses rameaux nombreux :
Tant plus son fruict est noir, plus il est sauoureux,
Et tant plus il est meur, & plus il reconforte
Et d'huilleuse liqueur d'auantage il rapporte.

L'Oliuier, & le chesne, odieux ennemis,
S'entre-donnent la mort, l'vn pres de l'autre mis.
L'vn arbre militaire, & l'autre pacifique,
Different en humeur, comme en hieroglyphique.

Sous le mesme Oliuier aux verdoyans rameaux
Latone mit au iour les Deliens gemeaux :
Les Dieux, & les autels ont l'arbre en telle estime,
Qu'ils ne l'embrasent point au feu de leur victime.

Mais quoy ie seme en l'onde & bastis dans les airs
De le vouloir guinder sur l'aile de mes vers;
Si ie voulois atteindre à sa loüange entiere,
Le temps me defaudroit plustost que la matiere.

Muse, taisons-nous donc, aussi bien les ennuis
Qui m'annoncent la guerre en la peine où ie suis,
Et tiennent sous leur ioug mon ame assubiettie
Auec cest Oliuier n'ont point de sympathie.

Sur la riue du Tybre, en l'auril de mes ans,
A l'abry de ta plante aux ombrages plaisans
I'accordois, OLIVIER, ta louange sacrée,
Pour charmer quelque peu la rigueur desastrée
De mon lointain exil : c'est le fruit auorté
Que la Muse conceut de ma calamité,
Qui pour feindre & cacher le dfaut de son pere
Recherche en ta vertu la grace qu'il espere:
Ouures-luy donc la porte, il se veut heberger,
Ne le refuses point, bien qu'il soit estranger:
Donne luy quelque rang parmy tes antiquailles,
Entre les beaux tableaux & les riches medailles
Qui de ton cabinet honnorent le pourpris:
Fais en pareille estime, il n'est de moindre prix:
Mais plus fort que l'airain, que le marbre, & le cuiure
Apres mille & mille ans il te peut faire viure.

HVICTAIN.

Ostez-moy ce laurier, Sculpteurs, il n'est plus têps
De couronner mon front de ce rameau bellique:
C'estoit quand ie suiuois vn S. Marc Italique,
Tant par mer, que par terre, en l'aage de vingt ans.
Si le peuple est en paix, si nos Roys sont contens,
Si l'on vit à sa guise en chaque Republique:
Durant que mon esprit à Minerue s'applique,
Ceignez-moy d'Oliuier, autre gain ie n'attens.

SONNET A SA MVSE.

I'auois dict adieu (Muse) à ta celeste flamme,
I'auois dict que iamais les ris ny les appas
De ton frere aux crins d'or n'affoleroient mon ame:
Car vn siecle de fer ne le merite pas.

C'estoit faict de ma Lyre, & ia desia le bâme
De sa chanson plus douce abordoit le trespas,
Lors qu'OLIVIER mon Phare, & mon enthousiâme
Guida sur ta Montagne vne autrefois mes pas.

Quand Apollon mourroit, quand Parnasse, & toymesme
Vous seriez engouffrez sous le riuage blesme,
Et quand bien i'aurois faict mille & mille sermens,

L'immortelle vertu dont son esprit s'allaitte,
Malgré moy, le temps mesme, & ses euenemens,
Resueilleroient ma lyre, & me rendroient Poëte.